句集

蓬萊

原田ナル子

文學の森

『蓬萊』に寄せて

黒南風やドライマンゴー届きをり
岸近く言葉はじけて夏帽子
雨音や寝息吸ひこむ籐莚

これらの句は「羅」誌創刊号の原田ナル子さんの作品であるが、初めて作った句であることを知った時、とても頼もしく思った。それから十六年、ナル子さんとのご縁が続き、今回の句集出版の運びとなったことは、この上ない喜びである。

俳句は作者の性格が如実にあらわれる文芸だと思っている。ナル子さんの端正で格調高く、それでいて俳諧味ある句は、物静かで上品で、ユーモアを持ちあわせたナル子さんの姿そのものである。

私は初学の時、指導をいただいた「鷹」の藤田湘子主宰から、俗を詠うのにも品格を失うなと厳しく指導されてきた。同人として「鷹」に一時在籍していたナル子さんの句の品格は、その教えもあったかも知れないが、持って生まれた品性が幸いしているように思えるのである。

また当時、湘子主宰からは、俳句の「型」を重んじるようにと徹底的に指導を受けてきたが、ナル子さんの句の切れ味の良さとリズムの良さは、その指導の所以だとも思う。

「羅の会」には、ナル子さんをはじめ何人かの長崎在住の会員の方がおられ、夏には被爆を詠った句を目にすることが多いが、「祈りのナガサキ」と称されるように、どの句も静かである。被爆当時、十一歳であったナル子さんは、その瞬間、家の中にいたことで難を逃れたと聞く。本句集にも八句が収められている。

被爆者をなのる齢や水中花

被爆樹の風聴いてをり鰯雲

四年前に亡くなられたナル子さんのご主人は、ナル子さんの俳句活動に協力的で、夫婦そろってパソコン教室に通われたのも俳句のためだったという。

現在マレーシア在住の次女りえさんも、ナル子さんの勧めで俳句に親しむようになって十年、「羅」誌の投句締切前には携帯電話を手に母娘で俳句バトルを楽しまれているそうだ。

りえさんはマレーシアサバ州政府観光局勤務のため、珍しい風景や風習を詠まれ、毎号「羅」誌上に発表される作品を楽しみにしている会員が多い。四季のない国での句作には苦労があることと思うが、その目覚ましい上達ぶりはナル子さんの指導による所が大きいであろう。りえさんがご実家のある長崎に帰国の折には、ナル子さんと俳句談義に明け暮れているようで、娘を持たない私には羨ましい限りである。

今年八十二歳を迎えられたナル子さんは、ここ数年老いを詠われることが多いが、老いに抗うことなく淡々と老いを受けとめ、美しく齢を重ねられて行く先輩の姿に、後を追う私などはとうてい真似できないまでも、少しでも近付けたらと願っている。

今後も、格調高い句を詠い続けていただきたいと思う。

二〇一六年　初秋

「羅《ra》の会」代表　飯島ユキ

句集　蓬萊＊目次

装丁　三宅政吉

句集

蓬萊

ほうらい

新年

停泊の長き汽笛や去年今年

晩節のおろそかならず着衣始

身の程に生きて若水掬ひけり

外つ国へ帰り行く子と雑煮かな

蓬萊や八十路の暮し立て直す

湧水の気泡に淑気ありにけり

文箱に幼き文字や福寿草

他人事のやうに歳取り福寿草

春

如月の踏絵めぐるや石畳

旧正の赤蠟燭や唐の寺

長屋門納屋となりけり春の雪

雪解水待ちたる能登の千枚田

鼻の先余寒愚図愚図してゐたり

梅一輪言葉こぼれてしまひけり

まんさくや健啖にして共白髪

黄水仙庭八方を明るうす

一筋の水に驚き野火猛る

沈丁や見知らぬ人の声かける

鉢ごとの高さ低さやさくら草

初燕荷の積まれたる船繋

下萌やうしろに蹤きて雑木山

薄味になれたる暮し白魚汁

流れゆくヘッドライトや猫の恋

夫はいま受講生なり春の朝

二時間の受講生なり囀れり

彫刻の無題難解霾れり

摘み草や発電風車きらきらす

揺り椅子のうしろ明るしヒヤシンス

苗木市男の顔の皆同じ

強情と律儀健在葱坊主

満潮の音なかりけり春の鹿

春満月ライブ余韻のベンチかな

春燈やまかりいでたる狂言師

炭住は藪に雉の啼きにけり

球根植う夫にたつぷりある時間

無機質に昏るる運河や春ショール

十五歳迎へし春やトウシューズ

足るを知る齢となりぬ花菜漬

ランタンの房の原色冴返る

水荒く使ふ蛙の目借時

元素記号水素結合目借時

虫出しの雷八十へまつしぐら

沙汰を待つ春大根の荒おろし

重心を高く歩めと亀鳴けり

茎立や一人残りし本籍地

相続の揉める程なし若布和

たんぽぽや膝を叩きて聞き上手

乗降のカード一枚春の風

力抜くことも生き方梨の花
梨の花借景にして山家かな

仏頂面おおと崩るる初音かな

ゆつくりと思案ほぐるる山桜

振り向いてみても独りや山桜

一臂の労惜しまず桜並木かな

自動ドア開くやいきなり花吹雪

唐寺の静まる午後や桃の花

擦れちがふ人に鈴の音桃の花

花桃や看取り終へたる人を待つ

延命処置不要宣言山葵漬

焼締の壺の荒肌遠蛙

沈丁や吾にわづかの羞恥心

潜水服逆さに干され山笑ふ

菜の花やバス停一つ歩かうか

水草生ふ夫を送りし月日かな

パンにぬるオリーブオイル初雲雀

針孔のよく見ゆる日よ春の鵙

料峭やじんと効きたる湿布薬

老いてゆく不安浅蜊は舌伸ばす

もう声のとどかぬ人や朧月

独り身の七曜自在潮まねき

常夏の国に送りし紙雛

産声のかぼそき少女卒業す

一癖の箪笥抽斗菜種梅雨

蓮如忌や十八歳の眉細し

初虹や午後に始まるコンサート

初虹や転勤の荷の乳母車

夏

山寺に一杓の水夏立てり

仏飯の乾ききつたる立夏かな

手鏡のくもる卯の花月夜かな

帆船の長き舳先や夏始め

帆を揚ぐる女水夫や雲の峰

帆船に小旗はためく青葉潮

みくまりの山老鶯の啼く方へ
母の日の墓に長居をしてゐたり

青梅雨や身ほとりにおく古語辞典

出航の登檣礼や五月晴

梅雨晴や庭師の鋏三拍子

海開き縄に氷の一貫目

黒南風やドライマンゴー届きをり

岸近く言葉はじけて夏帽子

阿蘇山に忘れてきたる夏帽子

ローマ字の宛名書き終へ星涼し

花火師の足早となる闇の中

露まとふ山桜桃《ゆすら》に声をあげにけり

禁漁の川豊かなり糸とんぼ

舟杭の乾ききつたる糸とんぼ

暮れ方の鳥声遠き牡丹かな

枇杷狩りや姉と逸れしことありぬ

父の忌の墓にそそぐや一夜酒

木道に続く靴音黄菅原

山の湯の風うしろから時鳥

パン生地の膨らんでをる雨燕

石灼けて長崎被爆中心地
ギヤマンの灯り被爆を語りけり

被爆者をなのる齢や水中花

目に汗の沁みたる被爆中心地

ででで虫に心急く性見られけり

手を通す紫紺浴衣の肌ざはり

上げ潮の匂ふ石橋額の花

打水や老舗南蛮屏風絵図

打水や万屋今も営業中

牡丹や耳艶々と寺男

香水と縁なきままに老いにけり

山若葉こだます野外コンサート

金運は吉日曜の心太

沙羅咲きて古き町名残りけり

七十の旅や初めてサングラス

欠席のうそも方便サングラス

初鰹町衆の打つ締太鼓

昼顔や岬に残る分教場

昼顔に涙もろきを見られけり

塩梅を変へて一椀大暑かな

白を着て海からの風存分に

戸袋の巣立三羽や目覚めたる

石垣の隙間三角巣立鳥

忽然と家並あたらし田水張る

鳥声のくぐもり夏の夜明けかな

金魚玉少女にもある変声期

教会の隣菩提寺蟻の道

炎昼や指触れて開く自動ドア

風の色変りひとつばたごの花

一錠に眠るひとつばたごの花

泉への道オカリナの遠くより

梯梧咲く傘の中まで染まりけり

水撒いて夫の一日終りけり

眠り上手忘れ上手や蛇の衣

考への二転三転メロン切る

土用凪素通りできぬ饅頭屋

相槌のためらひがちの扇子かな

登山靴忘れし夫の忌を修す

水澄しゐるはずのなき夫の声

帰省子に奔放の色失せにけり

だぼ鯊や婆ねつからの楽天家

婆さまの爪と匂へり天花粉

風鈴や糸の先嚙む母の癖

歩け歩けされど転ぶな蟇

同じ時笑ふポンポンダリアかな

甚平を着せてやりたき遺影かな

洗ひ髪我が生き様をわれに問ふ

時の日やけづり直して桐簞笥

折返すバスのからつぽ芋の花

暮しなき軍艦島や夏燕

釣忍人を迎へることもなく

斑猫や地震の裂け目を見てしまふ

時折は一人の茶房薬降る

蜘蛛の囲のひかり防犯カメラめく

晩年を悟る歩幅や山開

借景の風わたりゆく青田かな

風鈴や近くに山のある暮し

荷下ろしの声ともならず西日中

夏暁や風に繰り出すうたせ船

炎帝を来て竹箒買へといふ

動き出す右脳かぼちゃの花ざかり

晩年の笑ひ大事や焼茄子

秋

八朔や洛中に買ふ金平糖

西瓜食ぶ揃はぬ膝をゆるされよ

幹に触れ石にふるるや原爆忌

一口の水の重さや原爆忌

ためらひのありて水買ふ原爆忌

被爆樹の風聴いてをり鰯雲

湧水の砂ゆらぎたる赤とんぼ

戸籍簿の一人記載や赤とんぼ

捺印のあとの沈黙法師蟬

法師蟬首手拭をはづしけり

盆用意夫に床屋の匂ひせり

編み笠の先駆け若し風の盆

踏切の向かう灯りぬ踊唄

夕日落つ登りばかりの盆の道

棚経のつひぞ早口日暮けり

廃屋の闇の広さや虫時雨

小雨にもこぼるる萩の径踏めり
耳朶に飾りてみたし萩の露

捨てがたき便り残すや十三夜

唐寺の甍きはだつ良夜かな

観劇のひと夜形見の秋袷

長き夜や母に習ひし針仕事

火口辺の薄き煙や草の花

湧水に柄杓添へある杜鵑草

せせらぎや触れてこぼるる女郎花

手に触るる尾花に風の定まらず

作務僧の薄茶ふるまふ大文字

待宵の稽古囃子や眼鏡橋

八十まで生きてみようか鳳仙花

八十まで生きてみました鳳仙花

爽籟や少年の打つ大太鼓

虫の声細るやドイツパン硬し

悠々とはいかぬ自適や麦とろろ
とろろ汁時間長者となりにけり

剣道着つつぱつて干す残暑かな

定位置のソファァからつぽ小鳥来る

踏切の鳴る木犀のこぼれ初む

露草や昔の色のままありぬ

頑張れといへぬ見舞やラ・フランス

秘め事もなくて老いたり刈田風

雑念のぬけず背高泡立草

道変へて旅の心やちんちろりん

近道は身の幅栗の毬踏めり

高階に住みしことなし萩を掃く

蓑虫や老いてやうやく見ゆるもの

鬼灯や走り出したる下駄の音

さつと焼く干物の反りや秋旱

新涼や作品Aの海の色

月代や笛にはじまる能舞台

杭だけの居留地跡や雁渡し

初雁や風に流るる稽古笛

月の出や猩猩すでに橋懸

人悼むやうに南蛮煙管かな

秋霖や研ぎ屋にまかす裁ち鋏

涙目の乾くふうせんかづらかな

根気もうなくて桐の実鳴らしけり

舞囃子おうと速まり無月かな

踏ん切りをつけても弱気葛の花

携帯のぶぶと振動夜長し

樟の実や肩肘張れど知れたもの

法要を終へたる虫の闇深し

亡き夫と頒ちし闇を鉦叩

十六夜や笙の奏づるビートルズ

秋霖や母の移り香黄楊の櫛

軽きもの一枚羽織るひょんの笛

軽々と吐かぬ弱音や花梨の実

切りだして進む話や柚子は黄に

朝まだき鋼の音や馬の市

子に厄介かけぬつもりよすいつちよん

老いてなほ図にのりやすし衣被

白粉花や今日は早めの夕仕舞

径すでに掃かれし朝や秋の蝶

甲板をごしごし洗ふ帰燕かな

分校に走る影濃し鷹渡る

桔梗や久しき旅の食前酒

稲は穂に手摺てらてら天守閣

山粧ふ看取りは過去となりにけり

晩節を肯ふ蘆の穂絮かな

鶫啼く木彫り仏の荒削り

星飛んで少女のしらぬ鯨尺

二科展の出口入口暮れ残る

生き方を変へず健脚文化の日

娘住む異国は雨期か鶴来る

対岸に溶接の火や宵寒し

冬

立冬や傍らに湯を滾らせて
オブラート口にはりつく今朝の冬

寧日の椀の小さき葛湯かな

異国への旅間近なり菜を洗ふ

朝市に方言並ぶ蕪汁

家中に豆煮る匂ひ初時雨

地図たたむ明日からの旅冬帽子

旅なれば鱈汁立ちてすすりけり

四万十川《しまんと》に投網一気や頬被

晩年を歩め歩めと冬帽子

手話の手のやはらか北の山に雪

香焚くや一日限りの雪景色

支那海へ続く波音水仙花

豊漁の糶を待ちたる毛糸帽

七十の老まぎれなき皮ジャケツ

風邪心地パン三斤の重さかな

一人旅の少女発ちたり冬木の芽

原発の逆巻く不信雪中花

灯台守去る日なりけり神渡し

女にも酒欲しき日の嚏かな

言うたはず聞いてをらぬよちゃんちゃんこ

不意にくる不安障子の半開き

ボルシチの微かな酸味冬の月

厚切りのこんにゃく煮込む冬旱

独り言ほろりと雪見障子かな

踏切のもう鳴つてをる霜柱

季刊誌のおくれて届く狸汁

足跡の一人なりけり樹氷咲く

冬木立吾終章の一歩かな

ささめくや一樹一木雪の華

一年の迅しマフラー二重巻

葱焼いて一人暮しの正念場

縁側に杖置く姉と小春かな

当にせず当にもされず返り花

対岸の曳き船二艇七五三

長旅の荷を解くホットレモンかな

侘助や上座供され何か変

耳朶の夕日まみれや落葉掃く

束の間の雪の轍となりにけり

屋根雪の落ちたる空の蒼さかな

茶簞笥の上のラジオや開戦日

電飾を競ふ並木や開戦日

北塞ぎけりしたたかな腹時計

柚子風呂の一人に惜しき深さかな

夜廻りの少年の声年送る

行く年やぽつと火の立つブランデー

忘年や軟らかく煮る牛の舌

髪を結ふ祖母の手ぐせや年の夜

どちらかと言へば粒餡日脚のぶ

探梅の膝やはらかき一歩かな

待春の隣家の軒や産着干す

座右の銘なくて鰯の頭挿す

句集　蓬萊　畢

あとがき

平成十二年八月、「羅の会」発足の折に入会させていただき、俳句を始めることになりました。

お誘いいただいた先輩方は、六月の日差しを受けながらも、時を忘れて俳句を熱く語ってくださいまして、帰宅途中の私はすっかり俳句に魅せられていました。今日の感動を何とか句にしたいものと、四十分余りのバスの中で指を折りながらの走り書きでしたが、

岸近く言葉はじけて夏帽子

稚拙ながら忘れられないスタートの一句となりました。

「羅の会」代表の飯島ユキ先生の御指導をいただきながら十六年が過ぎましたが、十年前にはマレーシア在住の次女も参加させていただき、俳句の楽しさ、厳しさを共にしています。平成十三年には「鷹」俳句会に入会、七年の在籍でしたが、晩年の藤田湘子主宰、その後小川軽舟主宰の御指導を頂くこともできました。

歳時記をめくるとき、思いがけない季語に出会えたとき、時計はすでに午前になっていることが度々ありますが、これから長くはない晩年を、退屈を知らずに過ごせることは幸いのような気がいたします。

四年前には夫の看病で俳句を忘れた数ヶ月がありましたが、遺されて立ち直る力を得たのは俳句のお蔭でした。生前の夫は俳句に関してよき理解者でしたので、初歩から御指導いただきました先生方を始め、長いお付き合いをいただいている句友の皆様、これまで御縁をいただきました方々、離れて暮す家族へ、感謝の気持ちを込めて一冊にすることを思い立ちました。拙い句集ですが、御高覧いただきましたら無上の喜びでございます。

飯島ユキ先生には句集上梓に際し、序文を賜りました上に重ねての御指導をいただきまして、心より有難く厚く御礼申し上げます。「文學の森」の皆様には一方ならぬお世話様になりまして、厚く御礼申し上げます。

平成二十八年八月

原田ナル子

著者略歴

原田ナル子（はらだ・なるこ）

昭和９年　長崎市生まれ
平成12年　「羅《ra》の会」会員
平成13年　「鷹」俳句会入会
平成18年　「鷹」同人
平成19年　「鷹」退会

現住所　〒852-8144　長崎県長崎市女の都３-８-４

句集

蓬《ほう》萊《らい》

発　行　平成二十八年十月二十七日
著　者　原田ナル子
発行者　大山基利
発行所　株式会社　文學の森
〒一六九-〇〇七五
東京都新宿区高田馬場二-一-二　田島ビル八階
tel 03-5292-9188　fax 03-5292-9199
e-mail mori@bungak.com
ホームページ http://www.bungak.com
印刷・製本　竹田　登

ISBN978-4-86438-589-3　C0092